KB241573

귀가 서럽다

귀가 서럽다

이 대 흠 시 집

차 례

제1부

제1부

봄

아이를 낳아보고 싶습니다

사람의 아이가 아니라

다 헐은 자궁으로

수국이나 박태기나무

여치나 개똥지빠귀 같은

살려내는 우주를

낳고 싶습니다

고매(古梅)에 취하다

밭뙈기 팔아 들여온 쌀가마에서
고방 항아리로 쌀알들 쏟아지는 소리
햇살이 몽글다
어깨가 좁았던 사람
착해서 가난해진 그 사람의 몸에서 나던 살냄새
바람이 여물 먹은 소처럼 순해진다
몸이 검다는 것은 울음이 많이 쌓였다는 것
청산초 잎이 어린 쥐의 귀처럼
쫑긋하다
탈출구 없는 향기의 감옥
멀리 왔다 했으나
여전히 묶였다
온갖 소리 다 스민
저 아래에서
도대체 뿌리는
얼마나 낮은 귀일까

비가 오신다

서울이나 광주에서는
비가 온다는 말의 뜻을
알 수가 없다
비가 온다는 말은
장흥이나 강진 그도 아니면
구강포쯤 가야 이해가 된다
내리는 비야 내리는 비이지만 비가
걸어서 오거나 달려오는 경우도 있다는 것을
어떨 때 비는 싸우러 오는 병사처럼
씩씩거리며 다가오기도 하고
또 어떨 때는 그 병사의 아내가
지아비를 전쟁터에 보내고 돌아서서
골목길을 걸어오는
그 터벅거림으로 온다
그리고 또 어떨 때는
새색시 기다리는 신랑처럼
풀 나무 입술이 보타 있을 때
산모롱이에 얼비치는 진달래 치마로

멀미나는 꽃내를
몰고 오시기도 하는 것이다

애월(涯月)에서

　당신의 발길이 끊어지고부터 달의 빛나지 않는 부분을 오래 보는 버릇이 생겼습니다 무른 마음은 초름한 꽃만 보아도 시려옵니다 마음 그림자 같은 달의 표면에는 얼마나 많은 그리움의 발자국이 있을까요

　파도는 제 몸의 마려움을 밀어내며 먼 곳에서 웁니다 항구에는 지친 배들이 서로의 몸을 빌려 울어댑니다 살 그리운 몸은 불 닿은 노래기처럼 안으로만 파고듭니다

　아무리 날카로운 불빛도 물에 발을 들여놓으면 초가집 모서리처럼 순해집니다 먼 곳에서 온 달빛이 물을 만나 문자가 됩니다 가장 깊이 기록되는 달의 문장을 어둠에 눅은 나는 읽을 수 없습니다

　달의 난간에 마음을 두고 오늘도 마음 밖을 다니는 발걸음만 분주합니다

열이 오르다

개나리꽃이 병아리 부리 같다는 것은
새삼스런 생각이 아니다
보이는 꽃마다 새 부리가 박혔다

참새 부리 같은 별꽃 딱따구리 부리 같은
산자고 오리 부리 같은 목련

꽃의 부리는 한사코 제 몸을 향해 있다

뒤란에 매화향 가득하다

참 많이 앓았겠다

낯익은 빗방울

처음 밥 짓기 시작했던 건 여덟살 때
어머니 논일 가시면 가마솥에 밥 안치고
가래나무로 불을 때면 싸게 인 불이 화르릉 타오르고
넘는 불 부지깽이로 다독이다보면
솥뚜껑 아래로 주르륵 흐르던 눈물
색도 희멀건 그 밥물을 왜 눈물이라 했을까
살면서 날마다 오장육부 채우는 게
눈물강 지나야 가능하다는 것을 알고 나서도
밥 잘 짓는 솜씨는 녹슬 틈이 없고
혼자 먹는 밥은 서럽다는데 그거야 이력이 덜 붙은 탓
귀한 목숨 하나 위해 밥하고 반찬 만드는 것이
내 안에서 내 몸을 낮게 하고 아프게 하시는
백조* 개, 아니 백조 분의 목숨이 달린 일이니
잘 살자, 잘들 사시라, 나여
밥통에 오래 있어 꼬들꼬들해진 밥 있으면 끓여먹곤 하
는 거
내 입으로 오신 그 씨앗들 고맙고 눈물나서

우리들 언제 함께 파도로 출렁이면서
윗물 아랫물 뒤섞이기도 하면서 다순 손 맞잡으며
백조 명의 만찬을 생각해보면
하늘에선
반가워! 반가워! 손 흔들며
활짝 활짝 낯익은 빗방울도 몇 오리니

* 과학자들은 우리 몸속 미생물의 수를 100조 개 정도로 추정
한다.

나무의 영혼

집을 새로 지으면서
나보다 더 오래 산 장두감 나무를 베어버렸다
너무 큰 나무는 사람의 기운을 뺏는다는 말도 있었다
그 나무의 검은 구멍 속에 귀신이 산다는 생각을 한 적
도 있었다
다만 여린 벌레들만 신의 모습으로 기어다녔던 구멍
나무가 사라질 때 대뜸 허공이 들어오려 했지만
나무가 있던 자리를 차지하지는 못했다
삼년이 지나도록
나무가 서 있던 동쪽을 바라보면
허공 대신 어떤 따스한 기운이 옹송그리고 있는 게 보였다

옥수수 곁으로

옥수수 알갱이는 종알거림을 참느라 앙다문 이빨 같다
젖비린내가 난다

아빠 빨리 집에 와 말해놓고 일년 넘게
아빠 얼굴을 보지 못한 딸아이의 어린 슬픔처럼

나는 옥수수 잎처럼 그리움에 서걱거렸으나
옥수수에서 연한 살내만 떠올렸을 뿐

울컥울컥 돋는 설움이 도톨도톨 알맹이로 뭉쳐 굳어지
도록

시간의 뿌리

마루 끝을 햇살이 콕콕콕 쪼아댑니다 백년이 넘어서인지 햇살의 부리가 닿는 곳은 둥글어져 있습니다 아이에게 밥을 먹이고 나서 흘린 것들을 걸레로 닦아냅니다 벌어진 나무 사이로 들어간 밥알 몇개가 빠져나오지 않습니다 꼬챙이로 틈을 후비다보니 묵은 때들이 길게 빠져나옵니다 검게 뻗은 시간의 뿌리입니다

오래된 것들은 지나온 세월만큼 얼굴이 검습니다 하찮은 것도 쉬이 흘리지 못하고 받아들인 덕분입니다 고목나무 뿌리가 저렇게 검은 것도 돌이 되어 가라앉는 누군가의 속울음에 귀를 세웠기 때문입니다

비 그친 사이

마른 더덕 같은 늙은 여자 하나 골목길을 바쁘게 지나갑니다

그녀의 몸 안이 궁금하다는 듯 명아주와 강아지풀이 키를 높입니다

여자의 머리는 하얗고 갈옷 젖은 데는 먹색입니다

오래도록 땅의 문을 두드렸을 지팡이는 무릎 높이입니다

통통통 지팡이가 땅속 사정을 묻는 소리

안에서는 아직 기척이 없나봅니다

바닥을 밀쳐내는 여자의 발걸음이 비꽃보다 빠릅니다

바람에 날리는 물고기들

이정우 기자를 기다리는 오후 물고기 한 마리가 창에 빗금을 그으며 쌩— 날아갔다 이기자는 오지 않고 나는 소주를 마신다 소가 새끼를 낳았는데 젖을 먹이지 않고 발로 찼다 짐승을 보는 나를 짐승으로 보는 소

송아지는 아버지가 주는 우유로 살아남았다 이기자는 오지 않고 비가 많이 내려 운전을 할 수 있을지 모르겠다 깜깜한 오후에 이기자를 기다린다

그의 아내는 그보다 다섯 살이 더 많다 아이가 둘인 그는 어디서건 자동차 문을 잠그지 않는다 차문을 잠그지 않으면 불안한 나 내가 불안한 것은 나를 믿지 못하기 때문

깜깜한 어둠 사이로 어둠의 주름처럼 그가 온다 게으른 그는 빗속에서도 뛰지 않는다 나뭇잎에 빗방울 닿는 소리 들으며 술을 마신다 몸속 젖은 나무 이파리 몸 밖까지 젖는다 다당다당 장고 소리 잎새가죽 두드리는 물고기 비늘

이기자는 내게 술이 과하다고 말한다 새벽 세시 저수지
옆 정자에서 소주를 마신다 비가 내린다 저수지는 추억의
구리거울 흐린 거울 속에는 별이 없다

저수지에 연꽃을 심어볼 생각을 한다 연꽃 오면 흐려지
리라 뿌리 아래 늪을 기르는 연꽃 나는 저수지의 애인이
아닌데 저수지 밖에서도 저수지만 보인다 바람에 날리며
물고기떼가 몰려온다

비빔밥

비빔밥엔 잡다한 것이 들어가야 한다 싱건지나 묵은 김치도 좋고 숙주나물이나 콩나물도 좋다 나물이나 남새 노무새도 좋고 실가리나 씨래기 시락국 건덕지도 좋다 먹다 남은 찌개 찌끄래기나 달걀을 넣어도 좋지만 빼먹지 않아야 할 것은 고추장이다 더러 막걸리를 넣거나 된장국을 흥창하게 넣는 사람도 있는데 그것은 취향일 뿐 그렇다고 국밥이 되는 것은 아니다

비빔밥엔 가지가지 반찬에 참기름과 고추장이 들어가야 하지만 정작 비빈 밥이 비빔밥이 되기 위해서는 풋것이 필요하다 손으로 버성버성 자른 배추잎이나 무잎 혹은 상추잎이 들어가야 비빔밥답게 된다 다 된 반찬이 아니라 밥과 어우러지며 익어갈 것들이 있어야 한다 묵은 것 새것 눅은 것 언 것 삭은 것 그렇게 오랜 세월이 함께해야 한다

하지만 재료만 늘어놓는다고 비빔밥이 되는 것은 아니다

비빔밥을 만들기 위해서는 요령이 필요하다 비빈다는 말은 으깬다는 것이 아니다 비빌 때에는 누르거나 짓이겨서는 안된다 밥알의 형태가 으스러지지 않도록 살살 들어주듯이 달래야 한다 어느 하나 다치지 않게 슬슬 들어올려

떠받들어야 한다

　손과 손을 맞대고 비비듯 입술과 입술을 대고 속삭이듯
그렇게
　몸을 맞대고 서로의 체온을 느낄 수 있게 그렇게
　서로가 서로를 우려 이미 분리할 수 없게 그렇게
　그렇게 나는 너를 배고
　너는 내게 밴 상태라야 비빔밥이라고 할 수 있다

　우는 사람아 비빔밥을 먹을래?
　내가 너에게 들고 싶다

늦봄

중학교 1학년 때였을까
사타구니에 돋는 털을 누가 볼까봐
혼자서 방을 쓰고 싶었는데
형제 많은 집안에선 어림없는 일
유일하게 혼자인 건 화장실이었는데
그곳에서 이따금
털 난 거시기를 만지기도 하였는데

어느날 칙간에서 똥 누는데
난데없이 쿵쿵쿵 문 두드리는 소리
엄마다 엄마하고 같이 보자
이미 쉰 넘은 엄마
어린 자식한테 무슨 부끄럼 있었을까만

지붕 마람에 손 얹은 호박꽃이
자꾸만 해죽거려서 얼굴 붉어졌는데
엄니는 엄니는 어렵게는……
고개 숙이고 말았는데

대숲 바람소리 키득키득 쏟아졌는데

오줌 누고 똥 싸면서
흘끔 본 엄마의 거웃
누가 인두로 내 얼굴을 지졌을까

물무늬 손바닥

싸리재

물낯엔 주름이 많다 바람과 새소리가
정이 되어 새겼을 저 얼굴 한숨과 아쉬움의 세월 속에
나도 저처럼 늙어가고 싶어서 강물에
내 안의 무거운 것들을 부려놓는 버릇이 생겼다
살아온 날은 살아갈 날의 답이 되지 못한다
맥없이 돌멩이 하나를 강물에 던진다
파장은 늘어갈수록 희미해지고 희망이나 정열은
기어이 흘러가는 물의 살에 섞여 지워지는 것
해가 지도록 내려가는 물줄기에 보폭을 맞춘다
아래로 갈수록 돌의 표면은 부드럽다
돌이 이토록 부드럽게 될 때까지
쉼없이 어루만졌을 물의 손바닥에도
굳은살이 박였을 것이다
물의 살이 내 살인 것만 같아서
다치지 않게 가만히 만져본다

어느새 내 손바닥에도 물무늬가 새겨졌다

불온한 내력

맹감 덩굴이 많은 숲이었다 어머니와 함께 갈퀴나무를
하러 자주 왔던 곳 무덤만 즐비하다 자벌레 한 마리 가던
길 끝에서 머뭇거린다 나는 여기서 끝났을까 몸을 구부리
는 벌레의 물음표, 나는 물것의 사상을 모른다

계곡은 높아지며 깊어진다 나는 송피를 먹지 않았고 할
아버지의 구루마를 타보지 않았다 보이지 않는 것을 믿지
못하는 것이 나의 세계관 가을이여 기억의 힘으로 타오르
는 붉은 잎새들이여 언제나 현실은 괴롭다 소나무 뿌리가
박힌 버려진 무덤에서 누군가가 나올 것만 같다 신화가 된
선조들 문득 낯선 사내 하나 말을 타고 나오면 아으 다롱
디리 노래를 할까

해가 지더라도 저 석양의 이빨에 한 사흘 물렸으면
점(占)으로 씨 내리는 가을 저문 숲에서

나는 너의 인생에 의무가 없다 아들아
고집불통의 조상들은 끝까지 절을 받는다

곰소에서

나무를 덧대어 만든 커다란 소금창고는 기울어져 있었
다 평생을 물에서 오신 소금을 모신 곳이었으니 여전히 물
이 들어오는 쪽으로 기울어져 있었다 물이 들어와 있을 때
보다 썰물 때 더 기울어져 있었다

내게 남은 것은 그대가 남기고 간 한줌 소금 같은 그리
움이니!

베인 상처에 갯물이 들 때처럼 마음 안이 쓰리고
그대 떠나고 나도 그대 쪽으로 기울어졌다

해가 질 것이고 바닷바람에 나는 낡아갈 것이다
조금 더 기울어질 것이다

염소떼가 달려간다

    소나무숲으로 염소떼가 달려간다 염소들은 맨 앞의 염소를 믿는 버릇이 있다 우리는 힘차게 달려가는 염소들 중 한 놈을 고른다 어쩌면 저놈은 살아남을지도 모른다 예측 가능한 삶이란 이미 죽은 자의 것이다 살아 있는 염소떼가 달려간다 검은 몸의 사내는 익숙한 솜씨로 무리 속에서 한 마리를 잡는다 몸이 묶여 허공에 매달린 염소 살아남은 자들은 뿔을 앞세우고 일제히 한 방향으로 달려간다 우리 모두 절벽을 향해 달려가버릴까? 염소떼 지나간 뒤 꺾인 소나무 가지에 수액이 맺힌다 생의 마디마디 눈물 아니더냐 상처에 대한 기억으로 저 나무 더 많은 솔방울을 달지도 모른다 염소떼가 달려간다 염소의 털에 묻은 풀씨들이 달려간다 바람이 불어간 쪽으로 댕댕히 꽃머리를 겨눈 개망초 쑥부쟁이 희게 날리는 억새의 꽃들 뜨거우리라 바람은 한사코 잎사귀의 문장을 읽고 아무에게도 발설하지 않는다 염소떼가 달려간다

천년 동안의 사랑

처음으로 와보네,라는 그녀와

운주사에 갔네 빨리 온 찬바람에 말라 쪼그라진 나뭇
잎들

잎들은 저마다 곱게 물들길 원했을 것이나

계절은 참혹한 운명을 선사하였네

그래도 끝끝내 제 상처를 다스려 가을을 물들인

감잎을 보며 그 감잎처럼 저물어가는 그녀에게

사랑을 말하진 못했네 노을 같은 측은함으로 나

그녀의 손을 잡았을 뿐 언제 지은 절인지

누가 지은 절인지 알 수가 없어

더 믿음이 가는 돌부처들 지나 와불 뵈러 가는 길

하필 머슴 부처가 뭐냐고 부처도 주인 있고 머슴 있냐고

우리는 동시에 이맛살을 찌푸렸네

나뭇잎 몇 덮고 누운 와불은 말이 없고

천년을 합궁하고 있는 와불을 보여주려

그녀의 손을 잡고 높은 곳으로 끌어올릴 때

나는 잠시 와불이 되어 그녀를 이불 속으로 끌어들였던
것이네

아주 잠깐의 천년 그녀는

부론 폐사지에서 보았다는 느티나무 이야기를 하였네

처음엔 너럭바위였다고 그러나 손톱으로 두드려보니

텅 터엉 목어가 되어 울더라고

천년 세월이란 나무가 돌이 되는 시간이라고 하였네

오래된 나무의 뿌리는 누군가의 속울음을 다 받아들여

그렇게 검어진 것이라고 쓴 적이 있네

그 뿌리 천년의 세월을 다 받아들이면

돌이 되겠지 저렇게 캄캄히 누워 일어나지 못하는

잎 내지 못하는 돌이 되겠지

나는 천년 전의 기억을 떠올려보았네

나무의 가지들처럼 엉킨 기억의 끝 어디쯤에

천년 전 기억이 맺혀 있을 것인데

가슴이 조금 뛰었을 뿐 그녀 얼굴이 아련했을 뿐

선명히 떠오르지 않았네

사파튼 길을 걸으며 하이힐을 벗어버릴까 나를 보던

그녀

나는 그녀가 맨발로 돌아가는 게 두려워 그녀를 부축하

였네
　　나 그녀와 맨발의 세월로 돌아가게 되었다면
　　어쩌면 운주, 그 배에서 내리지 못했을 것이네
　　나는 절인 배추처럼 젖은 목소리로 나이 듦과 건강과
　　가족의 안부 묻는 말 따위나 하였네
　　처음이 아닌 것 같네,라는 그녀와 운주사를 빠져나왔네
　　천년 전 우리가 나란히 누워 사람들의 시름에 캄캄해지
면서
　　노을 같은 분홍 울음을 쏟아냈던 기억
　　천년 동안 합궁하며 세상의 쓸쓸함을 다 어루만지는
　　바람을 자식으로 두었다는 그 사실도 잊고
　　운주에서 천천히 빠져나왔네

젖몸살

오래전에 가지가 잘려나갔으리라

팽나무 중동에 옹이 두 개 나란히 박혀 있다
젖몸살을 앓는 여자의 검붉은 젖꼭지처럼 망울져 있다
슴벅슴벅 아리는 쓰라림을 함께 앓아
보이지 않는 가지로 여전히 아프다는 듯이
환지통을 앓는 사람의 어깨처럼
쭈글쭈글한 상흔

놓친 가지를 향한 그리움과 애탐이 옹이로 뭉치도록
얼마나 속앓이를 하였으랴
타버린 속이 시커멓게 비어 있다

그리움 쪽으로 기어이 고개 내밀고 있는 옹이들
딱딱하게 굳은 옹이의 꼭지에는 무언가가 이어져
가만가만 손짓하고 있다

명절 전날이면 신작로 쪽으로 몸이 쏠린 노인들이
그 나무 아래에서 웅성거리곤 하였다

제2부

물의 길

누런 저 황룡강을 더럽다고 생각한 적이 있다
식수는커녕 발도 못 씻을 물이라고

물이라면
투명하고 맑아야 하는 것이라고

정수기 거치거나 끓인 후라야
먹을 물 되는 것이라고

죄송하여라
흐려서 깨끗한 물이여

저 누런 물
논고랑 밭고랑 일일이 손 뻗어
어린 뿌리 병든 뿌리 어루만지고

고름 든 새의 다리엔
입 대었으리

어머니의 꽃밭

꽃이 어디 있었다냐
다 노물이었제

빈 땅이라면 손톱눈만한 자리라도
마늘이며 고추며 오이를 심었던 어머니가
칠순 넘어 웬걸 꽃밭을 만드신다

인자 가슬 되먼 마당이 환할 것이다

뜰 가득 댕댕이꽃
돌나물 구절초를 모종내는 어머니

고방 깊숙이 무씨 두듯
감추어두었을 설움이나 슬픔 같은 것

우북우북 피어나
얼굴 가득 꽃밭이다

만개한 저승꽃

바닥

외가가 있는 강진 미산마을 사람들은
바다와 뻘을 바닥이라고 한다
바닥에서 태어난 그곳 여자들은
널을 타고 바닥에 나가
조개를 캐고 굴을 따고 낙지를 잡는다
살아 바닥에서 널 타고 보내다
죽어 널 타고 바닥에 눕는다

바닥에서 태어난 어머니 시집올 때
질기고 끈끈한 그 바닥을 끄집고 왔다
구강포 너른 뻘밭
길게도 잡아당긴 탐진강 상류에서
당겨도 당겨도 무거워지기만 한 노동의 진창
어머니의 손을 거쳐간 바닥은 몇평쯤일까
발이 가고 손이 가고 마침내는
몸이 갈 바닥

오랜만에 찾아간 외가 마을 바닥

뻘밭에 꼼지락거리는 것은 죄다
어머니 전기문의 활자들 아니겠는가
저 낮은 곳에서 온갖 것 다 받아들였으니
어찌 바닷물이 짜지 않을 수 있겠는가

봄은 하늘에서 오는 것이 아니라
바닥에서 시작된다

비몸살

비 오기 전
어머니 뼈가 쑤신 건
풀 나무 뿌렝이가 어머니 몸에 들어

싹 틔워내려고
꽃 피워내려고

어머니의 봉다리

명절 때면 어머니는 팔남매 자식들
봉다리 봉다리 챙겨주기 바쁘다
큰아그는 자석들 많항께
쌀도 두 차뎅이는 가져가그라
제찬 남은 것도 떡 쪼가리도
여덟 개로 나누어
와자한 명절 끝에 내 집에 오는 날엔
여섯째인 내게도 서너 개의 봉다리가 주어진다
본가에 갈 때마다 달라붙는 봉다리 때문에
나는 빈 봉지 모아 어머니께 드리지만
어머니의 손을 거친 봉다리들은
어김없이 배가 불러 돌아온다
몇달에 한 번쯤 뵈는 어머니의 얼굴
날이 다르게 검버섯이 늘어난다
어머니의 늘어가는 검버섯
자식들에게 쒀주던 섯들
봉다리 봉다리 들어낸 자죽이다

어머니의 손바닥엔 천 개의 귀가 있다

이상하게도 내 집에서는 죽어가던 풀 나무 들이
어머니의 손에 닿으면 금방 싱싱해졌다
버리다시피 가져다둔 화분이 열몇 개
기린초도 상사화도 색 좋은 꽃을 피우고
진딧물뿐이던 능소화도 꽃을 피워내는 게
여간 신기한 일이 아니어서
어느날 꽃 만지는 어머니 모습 보고 있자니
꽃무릇도 상사화도 기린초도 수선화도
어머니의 검은 손이 닿자 갑자기 명랑해진 아이처럼
무어라 무어라 말을 해대며 생기를 띠는 것이었다
어머니의 손에 무어 특별한 게 있을까
그 검고 갈라진 손을 오랫동안 살펴보았는데
꽃나무만이 아니라 오이며 호박이며
하다못해 밭둑에 심어둔 옥수수까지
어머니 손 닿은 것이 더 잘 자랐던 비밀이
내 눈에도 보이는 것이었는데
어머니의 손에는 내 손에 없는 귀가 수백 개
수천 개 열려 있는 것이었다

어머니의 갈라진 손바닥 틈으로
힘없고 병든 식물의 입들이
무어라 무어라 쫑알대고 있었던 것
내게는 입 다물고 말없던 것들이
검은 손바닥 그 한 많은 귀에 대고
제 말들을 마음껏 하면
그 말을 들은 천 개의 귀가
그것들의 아픔에
가만 가만히

오래된 편지

큰형은 싱가포르로 돈 벌러 가고
물레에는 고지서만 쌓였다
초등학교도 다니지 못하신 어머니는
어깨너머로 겨우 한글을 깨쳤지만
혼자서 편지 쓰기에는 무리였다
보일러공인 큰형 덕분에 나는 중학교에
들어갈 수 있었고
어머니가 입으로 쓰시는 편지를
양면지에 옮기는 일을 하였는데
맞춤법도 없는 편지는 큰형을 곧잘 울리고

　큰 악으야 여그도 이라고 더운디 노무 나라에서 얼매나
땀 흘림시롱 고상허냐? 니 덕분에 아그들 학비 꺽정은 읎
다마는 이 에미가 니럴 볼 면이 읎따 늘 아부지도 잘 있고
아그들도 잘 있시닝께 암 꺽정 하들 말고 몸조리나 잘하그
라 저번참 핀지에 내 물팍 아푸냐고 물었는디 내 몸땡이는
암상토 안항께 꺽쩡얼 허들 말어라

46

그럴 때면 나는
편지에는 계절 인사가 있어야 한다고 우겨댔는데
그러면 어머니는,

속닥새가 우는 걸 봉께 밤이 짚었구나
샐꽉에 있는 수국이 허뿍 펴부렀다
이러다가,

그 까튼 거 물라고 쓴다냐
기냥 몸이나 안 아픈지 으짠지 고것이 더 중하제
느그는 성이 짠하도 안하냐?
뙤약볕에서 내 자석이 피땀 흘려 번 돈을
호박씨 까묵대끼 톡톡 끼리고 있짱께 중치가 멕힐락 함
마이잉
이참 월급도 다 써불고
느그 성 나오민 통장이나 하나 쥐사 쓸 것인디
에미 에비 있능 것이 도와주지도 못함서
하면서 이내 눈물 글썽이셨는데,

이쯤 되면 나는 어머니가 했던 말을 마음대로 버무려
편지를 썼는데,

큰 악으야 에미다 더운 디서 일하니라고 고상이 징상나
게 많지야 여그도 이라고 더운디 니는 오죽하겠냐 근디 우
째사 쓰꺼나 니 나오면 통장 한나 둘라고 애끼고 애낀다마
는 이참 월급도 아그들 납부금 내불고 농협 빚 조깐 쥐알
려불고 낭께 읎어져부렀단마다 차말로 내가 에미제만 할
말이 읎다 더운 나라에서 피땀 흘리고 이쓸 너를 생각하면
중치가 멕히고 숨이 멕힐락 한다마는 우짜겠냐 벨 도리가
읎어분다 못짜리 할 때부텀 울던 속닥새가 또 운 것을 본
께로 밤이 이상 짚었는 모냥이다 니가 작년 가슬에 싱게놓
고 간 국화도 이상 커부렀다 깽벤 밭에는 감재랑 콩을 싱
겄는디 아까 낮에는 아그들 데꼬 가서 밭을 맸다 날이 징
상나게 더와서 아그들은 풀 조깐 매고 나서 뫼욕을 하드라
아그들 뫼욕한 거 보고 이씀서 오매 우리 큰악으는 더운
디서 엄마나 고상할끄나 생각허닝께 눈물이 나드라 모쪼

록 여그는 암상토 안항께 니 몸 하나 건사 잘하기 바란다 펜지를 쓴다고는 쓰제마는 니 낫을 볼 면모기 읎어서 우짜거나 못난 에미가 무담시 우리 큰악으만 고상시키고 있구나 니가 그라고 피땀 흘림서 번 돈을 한나도 모태도 못하고 우짤까 몰르겄다 아그들이 크먼 니 덕을 알랑가는 몰겄다마는

    이쯤 쓰고 있노라면 어머니 눈에는 눈물이 글썽이고, 나는 엄니가 불러준 대로 고대로 써부렀네이 하고는 편지 말미에

    큰성 나 대흠인디, 엄니 시방 울고 있소. 큰성 이약만 나오먼 눈물부텀 흘린당께. 모쪼록 몸 성히 잘 지내시고, 나올 때게 샤프펜슬 꼭 잊지 마씨요이잉.

    하고 두어 마디 붙이곤 하였는네

젓갈

어머니가 주신 반찬에는 어머니의
몸 아닌 것이 없다

입맛 없을 때 먹으라고 주신 젓갈
매운 고추 송송 썰어 먹으려다 보니
이런,

어머니의 속을 절인 것 아닌가

소쩍새

밤이 되면 소쩍새는
울음으로 길을 놓는다

어둠속에서도
지워지지 않는 소리의 길

어린 새끼들 그 길을 따라
집으로 돌아간다

행여 길 끊어질까봐
어미 소쩍새는
쑥독쑥독 징검돌
연이어 놓는다

골 깊은 봄밤
새끼 석성에 쑥넉 얹힌 듯
목이 메어
목이 쉬어

울 엄니

울 엄니 오래 사실 게다
콩 까투리에서 막 나온 듯
자잘한 새끼들
뿌리 잘 내리는가 보고 가시려고
팔순 넘어 구순 넘어도
눈 못 감으실 게다

울 엄니 돌아가시면
저승에 못 가실 게다
제 몸 헐어 만든 자식들
북돋아주시려고
쇠스랑 같은 손으로
흙이나 파고 계실 게다

울 엄니 제삿날이면
절대 오지 않을 게다
마침내 든 편안한 잠
깨고 싶지 않을 게다

이승서 밀린 잠 자다
저승 생일도 잊을 게다

어머니라는 말

어머니라는 말을 떠올려보면
입이 울리고 코가 울리고 머리가 울리고
이내 가슴속에서 낮은 종소리가 울려나온다

어머니라는 말을 가만히 떠올려보면
웅웅거리는 종소리 온몸을 물들이고
어와 머 사이 머와 니 사이
어머니의 굵은 주름살 같은 그 말의 사이에
따스함이라든가 한없음이라든가
이런 말들이 고랑고랑 이랑이랑

어머니라는 말을 나직이 발음해보면
입속에 잔잔한 물결이 일고
웅얼웅얼 생기는 파문을 따라
보고픔이나 그리움 같은 게 고요고요 번진다

어머니라는 말을 또 혀로 굴리다보면
물결소리 출렁출렁 너울거리고

맘속 깊은 바람에 파도가 인다
그렇게 출렁대는 파도소리 아래엔
멸치도 갈치도 무럭무럭 자라는 바다의 깊은 속내
어머니라는 말 어머니라는

그 바다 깊은 속에는
성난 마음 녹이는 물의 숨결 들어 있고
모난 마음 다듬어주는
매운 파도의 외침이 있다

밥과 쓰레기

날 지난 우유를 보며 머뭇거리는 어머니에게
버려부씨요! 나는 말했다

그러나 어머니는
아이의 과자를 모으면서
멤생이 갖다줘사 쓰겠다
갈치 살 좀 봐라, 갱아지 있으면 잘 묵겄다
우유는 디아지 줬으먼 쓰것다마는
신 짐치들은 모태갖고 뙤작뙤작 지져사 쓰겠다

어머니의 말 사이사이 내가 했던 말은
버려부씨요!
단 한마디

아이가 남긴 밥과 식은 밥 한덩이를
미역국에 말아 후루룩 드시는 어머니

무다라 버려야,

이녁 식구가 묵던 것인디

아따 버려불제는,
하다가 문득……

그래서 나는
어미가 되지 못하는 것

주름

아침 일찍 일어나 빗소리 듣는 것은
햇차 한잔 쪼르롱 따를 때처럼 귀 맑은 것이어서
음악을 끄고 앉아 빗소리 듣노라면
웅덩이에 새겨지는 동그란 파문들이 모이고 모여서
주름을 이루는 것이 보이네

휘어지며 늘어나는 물의 주름을 보며
삶이 고달파 울 일 있다면 그 울음은
끄덕이며 끄덕이며 생기는
저 물낯의 주름 같은 것이어야 한다는 생각을 하네

도닥도닥 번지는 물의 주름처럼
밀물 썰물 들고 나는 뻘의 주름이나
늙은 어미들의 그 주름살이나

시간을 접어 겹을 만든 것들은,
더 받아들이려 표피를 늘인 것들은,
받아들인 아픔이 층을 이룬 것이어서

어머니의 나라

　어머니의 나라에서는 뜨거운 물을 땅바닥에 버리지 않는다 수챗구멍에도 끓는 물을 붓지 않는다 땅속에 살아있을 굼벵이 지렁이나 각종 미생물 들이 행여 델까 고것들모다 지앙신 자석들이라 지앙신이 이녁 자석들 해꼬지한다고 노하면 집이 망해분단다 어머니의 나라에서는

　남은 음식을 버리지 않는다 그 나라 부엌의 수챗구멍 밑에는 염라대왕이 젝기장 들고 앉아 누가 먹을 것을 버리는지 살피고 있다 죽어 저승 갔을 때 한 톨 쌀을 한 가마로 쳐서 고걸 드는 벌을 슨단다 귀한 음석 함부로 하먼 쓴다냐어머니의

　나라에서는 감을 딸 때도 까치밥 두어 개는 반드시 남겨둔다 배고픈 까치는 물론 까마귀 참새 들까지 모두 제 밥이다 날아와 먹는다 가을걷이할 때는 까막까치 참새를 다쫓지만 그 어느 것이라도 굶어죽는 건 우리 놈의 일부가떨어지는 것이기에

먹을 것 귀한 겨울에는 산 가까이에 시래기나 생선뼈를 놓아두기도 한다 배고픈 산짐승들 그걸 먹고 겨울 난다 때로 산토끼를 잡기도 하고 들고양이를 쫓기도 하지만 제아무리 고방 생선 훔쳐먹는 도둑괭이라도 새끼 밴 암컷에겐 생선 대가리 내어준다 행에나 새끼 밴 짐승 죽게 하먼 사람 새끼도 온전치 못하는 법이다

어머니의 나라에서는 똥오줌이 오물로 버려지지 않는다 땅에서 온 모든 것 땅에게 돌려준다 그마저 생오줌이나 생똥으로 갚는 게 아니다 사람이란 독한 짐승이라 사람 침에 뱀이 죽고 사람 발에 풀이 죽고 생똥 생오줌에 채소가 녹기에

생오줌은 합수통에서 지글지글 끓여서 독기 다 뺀 후 무배추 밑 돋우는 거름으로 쓰고 생똥은 짚풀과 섞어 한 육 개월 푹 삭힌다 어머니의 나라에서는

나무 한 그루 함부로 베어내지 않는다 나무마다 신이 있

어서 허락없이 베어내면 살(煞) 맞아 사람 목숨 하나가 끊어지기에 정히 나무 필요할 때면 막걸리 두 되쯤 바친 후 나무신 마음 먼저 풀어주고 톱 댄다

　죽어 땅으로 돌아갈 때도 잡초 우거진 빈 땅이라고 함부로 구덩이 만들지 않는다 파낸 자리마다 무덤자리라 뜻 없이 파낸 자리엔 사람 목숨 하나 눕게 된다는 머나먼 어머니의 나라에서는

젖 감전

공장생활을 하는 햇어미들은 아기 젖 줄 시간을 맞추지 못해서 퉁퉁 불은 젖을 감추고 일을 하는데 그래도 아기가 배고플 즈음이면 어미가 먹었던 밥이 모조리 젖으로 와서 강 흐르듯 자연스레 몸 밖으로 흘러나오는데

그 강에 닿아야 할 풀뿌리 같은 아기 입이 없어서 쏟아져나오는 젖을 플라스틱 통이 먼저 맛보고

그런데 신비로운 것은 몇리나 떨어진 집에 있는 아기가 어미 젖 짜는 그 시간을 용케도 알아서 감전된 듯 감전된 듯 울어댄다는 것

세상에서 가장 긴 강은 미시시피강이나 아마존강이 아니라 어미의 젖내 흐르는 젖강인 것을

마흔 넘어 바다 건너온 내가 바닷가를 서성이는 것은
두고온 늙은 어미의 젖내가 갯바람에 몰아쳐서 자꾸만 자꾸만 눈이 아려서

어머니

나는 나만 앓아도 이렇게 무거운데
도대체 바위는 누구를 그리 앓았나,

저 바위
같은 사람을 알고 있다,

받아들인 근심의 무게로
딱딱하게 굳어,

묻혀가는,
저

제3부

꽃섬

먼 데 섬은 다 먹색이다

들어가면 꽃섬이다

귀가 서럽다

강물은 이미 지나온 곳으로 가지 않나니
또 한 해가 갈 것 같은 시월쯤이면
문득 나는 눈시울이 붉어지네
사랑했던가 아팠던가
목숨을 걸고 고백했던 시절도 지나고
지금은 다만
세상으로 내가 아픈 시절
저녁은 빨리 오고
슬픔을 아는 자는 황혼을 보네
울혈 든 데 많은 하늘에서
가는 실 같은 바람이 불어오느니
국화꽃 그림자가 창에 어리고
향기는 번져 노을이 스네
꽃 같은 잎 같은 뿌리 같은
인연들을 생각하거니

귀가 서럽네

쥐엄나무 그늘에 앉은 아버지

아버지는 저수지 옆 사장에서
새하얀 모시옷에 청춘을 풀 먹였네
청산리 벽계수야 노래하였네
저수지에 푸르게 노랫소리 출렁거렸네
어머니는 모를 심었지만
아버지는 피를 뽑지 않았네
수이 감을 자랑 마라 늘어지는 가락에
우리들 유년은 오뉴월 엿처럼 늘어져
허기도 반찬이 되지 못했네
코스모스 향기에 목이 감긴 누이는
저수지에 빠졌네
물에 빠진 누이는 꽃향기로 날아가고
물을 뺀 저수지 흙탕물 든 모시옷
변한 건 없었네 장독대 한쪽 비었을 뿐
사람들 미친개를 저수지로 몰아갈 때
수이 간 누이는 아버지를 울렸네
어머니는 피밭에 나락처럼 한숨 쉬고
세월은 해와 함께 비탈로만 달려갔네

제 몸을 쥐어짜 꿀을 만든 쥐엄나무
그 나무그늘에 앉은 아버지
노래하지 않았네
자식들 몸 팔러 간 신작로 바라보며
장독대 항아리처럼 검은 물 고였네

동냥치 부자

아버지 동냥치와 아들 동냥치는
그해 겨울에 처음 나타났다 눈매가 매서웠다
아랫집에서도 그들이 맨손으로 돌아서는 걸 보고는
우리는 재빨리 장독대에 몸을 숨겼다
한 달여 전
우리를 윽박질러 쌀 한 되를 빼앗듯 가져간 자들이었다
들키는 날에는 또 어김없이 차또그륵을 헐어야 되리라
동냥치 부자는 토방에서 한참 동안
인기척을 하였다 나는 금방이라도 오줌이 재릴 것만 같
았다
저들이 방문을 열면 소리를 치리라
호흡을 여러번 가다듬었다 그때
술 취한 아버지가 새립으로 들어섰다
우리는 바늘에 찔린 듯이 일어섰다
그 동냥치들이라고
우리는 사금파리처럼 소리질렀다
아버지가 호통을 쳐 그들을 혼내주리라
아들 동냥치의 눈동자가 쫓기는 고라니 눈 같아서

우리는 고함치듯 한마디씩 더했다

얼굴이 붉게 단 아버지는 신 신은 채 마루에 오르더니

이내 고방으로 향했다

고방에서 낫이나 몽둥이를 들고 나오리라

그러나 아버지 손에는 쌀바가지가 들려 있었다

동냥치 부자의 눈에서 한정없이 눈물이 쏟아졌다

눈물은 또로록 굴러내려 마당 가득 별밭이었다

우리는 그날 저녁부터 시래깃국만 먹고 이틀을 살았다

우리사 하래 이틀 굶제만 그 사람들은……

아버지는 어머니의 악다구니 사이에 추임새를 넣었다

두어 달 뒤 다시 온 아버지 동냥치는

옷차림이 달랐다

서울로 갈 거라며 엉거주춤 마루에 서 있던 아버지를 향해

토방에 엎드려 절을 하였다

아, 눈물겨운 아버지들

아우

내 동생, 업고 노는데 울기만 하고 숨바꼭질하면 나는 자꾸 술래만 되고 오징어가이생도 못하고 떼어놓으려 집으로 돌아오니 둘 데가 없네 마루에 두자니 토방으로 굴러버릴 것 같고 방에다 두자니 아무거나 망가뜨릴 것 같고 우는 아이 어르고 달래 기둥에 꽁꽁 묶어둔 뒤 울음소리 들리기 전 밖으로 달음박질

에비오제, 버짐 많던 동생에게 먹이던 달고 고소한 그것을 나도 먹고 싶은데 어머니는 어디다 감추었는지 몰래 꺼내어 동생만 주고 몇날을 뒤진 끝에 장롱 깊숙이 숨겨져 있던 반통쯤 남은 그것 찾아 한꺼번에 먹어버리고 나는요 배가 아파 데굴데굴

뽀빠이, 어머니가 일하러 가며 사준 두 봉지 동생이랑 사이좋게 나눠먹으랬는데 내 것 다 먹었어도 입안엔 침 가득 병원놀이 한다며 동생을 환자로 눕혀놓고 환자가 뭘 먹어! 이따금 먹여주고 내 입에 털어넣어

엿, 엿 먹고 싶어 감나무 밑에 절반쯤 남은 비료를 쏟아 버리고 빈 포대로 바꾸어온 엿 나는 세 가락 동생 두 가락 누가 더 늦게까지 먹는가 시합하자 해놓고 잽싸게 먹은 후 동생 것 뺏어먹고

겨울, 해 지고 날 추운데 방에 있고 싶은데 아버지는 산 밑에 묶어둔 소를 끌고 오라는데 동생이랑 갔다오마고 대문을 나서서는 동생한테 소 끌고 오라 해두고 친구 집에 놀러가고

참고서 값, 대입을 앞두고 공부한다는 날 위해 새벽밥 짓던 동생이 참고서 산다고 타왔다는 천원짜리 두 장 기어이 달라 해서 술 마셔버리고

용돈, 내가 군에 있을 때 면사무소에 근무하던 동생이 새벽밥 먹고 년회 와 용돈으로 쓰라고 주머니에 찔러넣어 주던 꼬깃꼬깃한 지폐 몇장

아이, 두 딸을 둔 동생 나는 그네들을 제대로 안아주지
도 못했는데 돌도 안된 내 아이에게 선물꾸러미를 놓고 가
는, 십년 넘은 공직생활 청탁 한번 안 받아 꽉 막혔다는 말
듣는, 감봉이다 감원이다 새치가 반쯤은 박혀버린

대나무

대나무는 여태
대가족제도이다

오뉴월 보릿고개
젖 먹이는 어미 위해
온 가족이
끼니 걸렀듯

죽순 나오면
오래된 댓잎들
누우렇게
얼굴이 뜬다

아름다운 거짓말

느그 작은아부지 돌아가셨을 때 빤듯한 사진 한나 없응
께 영판 옹삭시럽드라 할 일이라고는 아들놈 장가보낼 일
만 남았다는 회갑 넘은 숙모는 십만원 들여 영정사진 찍었
다고 자랑을 하였습니다 와따 이쁘네 내 말에 볼 붉히는
숙모는 액자 속의 여자보다 훨씬 늙어 있었습니다 볼이 통
통한 얼굴을 보며 그린 거요? 했더니 사진이라는 말을 몇
번이고 반복했습니다 컴퓨터로 편집했네 나는 서툰 앎을
은근히 내비쳤습니다 노인네가 물정 모르고 바가지 썼
다는 말까지 할 참이었는데 나는 이내 입을 다물고 말았습
니다 틀 속의 여자는 한쪽 눈이 먼 숙모가 아니었습니다

나이 드신 아이님이 말씀하시길

미얀마의 한 섬에서는
나이를 먹을수록 나이가 줄어든다
태어나 일년이 된 아이는 예순살이 되고
해가 바뀔 때마다 나이 한 살씩 푸는 것이다

쉰일곱이신 아이님이 놀이방에 다닐 때였다 아이님은
잡다한 물건들을 가방에 넣고 다녔다 그 가방에는 시계며
카메라, 인형이나 장난감 총은 물론이고 청소기 필터나 손
톱깎이 같은 것이 가득했다 한번은 집 열쇠까지 넣고 가는
바람에 곤혹을 치르기도 하였다

어느날 아침 아이님의 가방에는 드라이버며 스패너 면
도기까지 들어 있었다 내가 들기에도 무거워 몇가지를 꺼
내놓으려 하자 안된다는 것이었다 오히려 공부한다고 앉
아 있는 내게 와서 구겨진 휴짓조각 하나를 자신의 가방에
넣어달라고 하였다 나는 영문을 모른 채 그것을 넣어주며
이것들이 도대체 뭐예요? 물었다 아이님은 망설임 없이 책
이라고 했다

덕담

우리집 차또그륵
박바가지 다닥 딱 바닥을 치면
남편 몰래 보리쌀 몇되
토방에 놓고 갔던
물마장골 아짐

새복밥 짓던 어머니
보리밥 뜸들이다 우리들 차비 빌리러
골목길 누비다 허탕치고 돌아오면
윗마을에 닿은 버스는
왜 그렇게 빠르던지

염치없이 또 가는 집은
물마장골 아짐집이었네

동네 사람들 물마장골떡 물마장골떡 하고
택호를 부를 때마다
나는 왜 떡이라는 말을
덕이라고 들었을까

대학 못 간 내가 공장 다닐 때
명절이라 찾았더니
손 꼭 잡고 말 없던
물맞이골
물맞이골
물마장골 아짐

다섯살 난 아이 데리고
고향 갔더니
외겠소 하면서
장꼬방 닦던 헹기뽀 두고
담박질로 와서는
낯가리는 아이에게
천원짜리 쥐여주며

개대기맨이로 크그라이

그 말에 봄꽃들 그렁그렁 물올라서

쥐와의 동거

자리에 누워 자려 하는데
천장에서 다다다다 가벼운 발걸음 소리가 들린다
오래전부터 들리던 묵직한 발소리가 아니다
새끼를 쳤나보다
어흠 기침을 하고 나자 한참 동안 조용하다가
또 다다다다
가는 빗소리보다 가벼운 소리
문틈으로 겨우 스며든 찬바람 몇줄기가
몸을 움츠리게 하는 밤
참고 참으려다 마침내 참을 수 없다는 듯
한편 천장에서 다른편 천장으로 뛰어가는 발소리
가벼운 발걸음 소리 몇번이나 계속된 뒤
천장 한쪽에서 둥둥 울리는 소리
어미 쥐가 새끼 쥐에게 조심하라고 주의를 주나보다
그러나 다시 시작되는 발소리 저것들
비 온 뒤 갓 자라난 달개비 뿌리처럼 어린
연분홍 발을 가졌을 것이다
가만히 웅크리고 있다가

더는 추위를 참지 못하겠다는 듯 다다다다
어린것들이
발갛게 발이 얼어드는 걸 막으려고
저리 뛰는 것이리라
기침을 할 수도 없어 가만히
문 열고 나와 달을 본다
어린 내 새끼들

하고댁

비는 왜 피리봉 쪽에서 오는지
마흔에 혼자된 하고댁은 먹구름이 피리봉에 엎드릴 때면
나락 베던 낫 놓고 욕을 하곤 했는데
피리봉 아래 절터골에 저승살림 차린 영감
그렇게 일찌거니 딴살림 차렸냐고
죽어서도 보기 싫다며 욕을 해댔는데
염벵 염천얼 허네
염벵 첨벵을 허네 하면서 욕을 해댔는데
영감은 영감대로 부아가 났는지
침 튀겨가며 맞고함치듯 우레소리에 마을이 쩌렁거리고
벼락같이 쏟아진 비에 하고댁 몸뻬가 젖고
어떨 땐 속곳까지 후줄근히 물범벅이 되었는데
그럴 때면 꼭 하고댁은
염벵 씹벵
고두마리 씹벵
잠자리 눈꾸녁
염벵 씹벵 고두마리 씹벵 잠자리 눈꾸녁
욕 노래를 부르곤 했는데

비 끝에 단풍은 피리봉부터
확확 달아오르고는 했는데

양산 이숙

안지다리는 장마 지면 항상 넘치었다 개학날 다가와 집
에 가야 하는데 어린 내 나무젓가락 같은 다리로는 다리
건널 수 없었다 턱수염 시커먼 사내 이숙의 등에 업혀 안
지다리 건넜다 입 떡 벌리며 배고프다며 탐진강 검은 물결
이 소리칠 때 오돌돌 떠는 건 내 어린 가슴뿐 거세게 비 내
리쳐 마을은 가물거렸다 백원짜리 두 개 집어주며 조심해
가그라이잉 말하던 이숙은 내가 버스에 오르자 경운기처
럼 덜컹거리며 안지다리로 향했다 완행버스는 따뜻하였지
만 이숙의 등보다는 못했다 그로부터 한 이십여년 그 따뜻
했던 늙은 사내 터덜터덜 저승으로 향하였다

아름다운 위반

기사 양반! 저짝으로 조깐 돌아서 갑시다
어칳게 그란다요 뻐스가 머 택신지 아요?
아따 늙은이가 물팍이 애링께 그라제
쓰잘데기 읎는 소리 하지 마시오
저번참에 기사는 돌아가듬마는……
그 기사가 미쳤능갑소

노인네가 갈수록 눈이 어둡당께
저번참에도
내가 모셔다드렸는디

명자꽃 보면

목숨 있는 모든 것 물이 올라서
봄 깊어 물리게 깊은 봄이면
꽃 진 자리 새 꽃 피어 욕도 농이 되는데
헤프다 싶게 몸 여는 꽃들을 보면
걸쭉한 욕쟁이 영춘이성 떠올라

입 열면 씨발 씨발 거친 손 재주 많아
우산대 하나로 총 만들어 고라니를 잡았던
아침 전에 깔 한짐 사고무친 애기 일꾼
시방은 공장 차려 살 만하다 하던데

어느해 봄

바지게에 햇살 한짐 지고
깽벤에 봇일 나가던 영춘이성
쑥대머리 지나며
나물 캐는 가시내들 보면서 뱉었던 말

볕이 따뜻항께
모태서 오오지 몰리냐?

저 환한 명자꽃 보면서
왜 그 말 떠올랐는지 몰라

수문 양반 왕자지

예순 넘어 한글 배운 수문댁
몇달 지나자 도로 표지판쯤은 제법 읽었는데

자웅 자웅 했던 것을
장흥 장흥 읽게 되고
과냥 과냥 했던 것을
광양 광양 하게 되고
광주 광주 서울 서울
다 읽게 됐는데

새로 읽게 된 말이랑 이제껏 썼던 말이랑
통 달라서
말 따로 생각 따로 머릿속이 짜글짜글했는데

자식놈 전화 받을 때도
옴마 옴마 그래부렀냐? 하다가도
부렀다와 버렸다 사이에서
가새와 가위 사이에서

혀가 쎄와 엉켜서 말이 굳곤 하였는데

어느날 변소 벽에 써진 말
수문 양반 왕자지
그 말 하나는 옳게 들어왔는데

그 낙서를 본 수문댁
입이 눈꼬리로 오르며
그람 그람 우리 수문 양반
왕자 거튼 사램이었제
왕자 거튼 사램이었제

황영감의 말뚝론

생땅은 말이어 말하자면 처녀진디
그라고 쾅쾅 친다고 박히는 것이 아니여
힘대로 망치질하다간 되레 땅이 썽질 내부러
박혀도 금방 흐물흐물해져불제
박은 듯 안 박은 듯 망치를 살살 다뤄사제
실실 문지르대끼 땅을 달래감서 박어사
땅이 몸을 내주제
그라다 인자 조깐 들어갔다 싶으면
그때부텀 기운대로 치는 거여 아먼
그라고 박힌 말뚝이라사 썩을 때까장 안 뽑히제
그래사 말뚝이제

달팽이

검고 뭉툭한 껍질을 끌고
달팽이 한 마리 바닥을 기어간다
보도블록의 잔틈도 손톱만한 돌조각도
그에겐 난간이다
길게 몸 빼어 튀어나온 촉수를 허우적거리며
기어가는 그
사람들은 길의 일부만 디디며 성큼성큼 앞질러가고
그는 한사코 길의 체온을 몸에 담으려는 듯
온몸으로 바닥을 껴안고 간다
울어 촉촉한 촉수를 하늘 향해 치켜세우고
두려운 듯 그러나
아무리 거친 길이더라도 아프더라도
기어이 헤쳐가는 그
딸랑거리는 동전 그릇을 버겁게 밀며
십이월 언 나뭇가지 같은 차가운 길을
절하며 고개 조아리며 나아가는 달팽이 한 분

손금

　손금을 봐준다고 그녀의 손을 잡고 앉아 손금은 보지 못하고 이리저리 헝클어진 세월을 보았습니다 각목 같은 팔뚝에 남아 있는 상흔들 못자국 같았습니다 손금은 도무지 보이지 않고 잘린 엄지와 굳은살만 보였습니다 지문 없는 그녀의 손끝 반질반질 잘 닦여 있었습니다 손바닥 가득 뻗어나간 기름때 잔뿌리 무성히 뿌리내리고 있었습니다

룽에게

소리에 갇혀 아무 소리도 듣지 못하는
물속 돌멩이 같은 삶도 있는 것이다

그 돌멩이의 부드러운 그늘 같은 울음도 있는 것이다

외출

빨랫줄에 나비 몇마리 날개를 말리고 있다 줄을 들고 있
는 나무 장대는 어깨가 기울었다 햇살이 마루를 훔치는 오
후 소쿠리에서 콩깍지가 투욱 툭 터지고 있다

해기 빗지락은 마루 벽에 걸려 있고
찌시 빗지락은 아궁이 곁에 놓여 있고
시누대 빗지락은 마당가에 서 있다

간장 항아리 뚜껑에 앉아 있던 남방노랑나비 한 마리 맴
을 돌다가 감나무로 오른다 윤나는 항아리들 장내와 군둥
내가 독이 되어간다 혼자 살던 이 집 여자는 며칠 전 저승
으로 모시래 갔다

봄비는 생각이 많다

교통사고로 마흔 갓 넘어 죽은 벗의 상가에
내린다 미적미적 동무들 발 들여놓듯 비가

제4부

나는 꽃을 아네

나는 꽃을 아네
내가 꺾고 버리지 못한 꽃
꽃은 귀퉁이부터 말라갔네
나는 꽃을 아네
참 많은 꽃을 꺾었네 참
많은 꽃에 꺾였네
한 송이 꺾을 땐 죄스러웠지
또 한 송이 꺾을 땐 운명을 생각했다네
세 송이 네 송이 될 때엔
꽃을 보지 못했네
나는 꽃을 아네
한아름의 꽃을 꺾어도 다하지 못할 때
나는 꽃을 꺾지 않았지
나는 꽃을 아네
꺾어야만 순결함이 유지되는 그 비운을
꺾지 않으면 슬퍼지는 그 운명을
나는 꽃을 아네
씨앗으로 담기에는 너무 먼 기쁨

꺾기에는 너무 뜨거운 슬픔
나는 꽃을 아네
나는 꺾네
다 꺾어도 꺾이지 않는 꽃을

외꽃 피었다

꽃과 가시가 한 어원에서 비롯되었다는 글을 읽는 동안
지금은 다른 몸이 한몸에서 갈라져나온 시간을 생각하
는 동안
꽃을 사랑하는 일은 결국 가시를 품는 것이라는 것을 새
기는 동안

꽃이 오셨다

어쩌지 못하고 물외처럼 순해지며 아픈 내 마음이며
줄기와 잎이 가시로 덮였어도 외꽃처럼 고울 그대에 대
한 생각이며
건디지 못할 것 같았던 몸의 그리움을 마음의 그늘로 염
하는 시간이며

달몸살

제 몸의 중심에 벌레들을 기르는 귀목나무 아래에서
아프다는 것이 축복임을 안다
앓는다는 것은 내 안에 누군가를 키우고 있다는 것
아픈 몸은 홑몸이 아니라는 것
잎 돋는 귀목나무 바람과 노는 걸 보며 알았다
순과 꽃 우거진 봄 언덕은 팔만대장경
오래 동무한 병과 함께 누워
묵언의 말씀들 그 향에 취한 채
달몸살을 앓는다는 한 스승을 생각했다
어느새 바닷물이 몸으로 들고 나서
바다와 함께 화를 내고 바다와 함께 쓸쓸해진다는 그
그는 나보다 오래 앓아서 우주와 한 호흡이 되었으리라
내 안에 이는 바람에 툭 하고 잎이 돋는다
누군가 나에게 병에 대해 묻는다면
앓으며 살아가며 한 호흡이 되는 것이라고
죽을 만큼 아프면서 끝내 사랑하는 것이라고
누군가 나에게 사랑에 대해 묻는다면

내게 사랑이 있다면

아득히 멀리 휘어진 길 같은 것이라고
띠풀 사이 논둑길 지나
장끼 소리 흘러내리는 솔숲 아래
시리게 피어 겨운 쑥부쟁이꽃 같은 것이라고
또랑을 건너면 집이 나오고 집은 외딴집 허물어져가는
논일을 마치고 오는 노인 부부가
부끄러이 등 뒤에서 손을 맞잡고
도란거리며 새립으로 들어서는
적막한 오후 같은 것이라고

꽃 지네요

꽃 지네요
꽃 지네요

당신이 없는데
당신도 없는데

허뿍
허뿍
꽃 피더니

벼랑 바위에 날 엎지르듯

꽃 지네요
꽃 지네요

묘(妙)

　소태처럼 쓴 것은 아니고 쌉싸름한, 없는 입맛 헹구어주
는 씀바귀나물 같은, 설탕처럼 단것은 아니고 좀 달짝지근
한, 싱거운 듯, 조깐 심심한 듯, 갓 짠 참기름처럼 진한 것
은 아니고 꼬순내 나는 듯한,

　모굿대랑 피마자잎이랑 호박잎이랑
　비 온 뒤 그것들 데쳐서 곤자리젓에 매운 고추 버성버성
썰어넣어 식은 밥 한 뎅이 싸서 함뽕 했을 때처럼
　혀가 살아 징그랍게 맛나던,

　당신의, 당신이라는

도화의 말을 적다

보리숭어라는 거 복송꽃 필 때라

살에서 복송내 난다고 복송내 귀 뒤로 흐르는 바람소리
만 들려도 찰랑 몸물이 돌 때라 물만 먹어도 단물이 들어
서 몸속 무늬가 찰지게 박혀 이게 살랑 꽃으로 피는 거제
인자 막 물오르는 시악시 몸이라 탱글탱글하니

꼭 그맘때 이녁 그림자만 스쳐도 몸꽃이 확확 피던
똑 그 나이 때 모양 나도 몰랐던 도화살이 자르르 번져
서는 이마에도 볼에도 속살에도 연분홍 꽃잎이 또록또록
돋아서는 보름으로 가는 달마저도 꽃물 들어 달아오르는
봄밤인 거라 섬진강 더듬어오르는 숭어떼의 지느러미가
더욱 파닥거려서 오를수록 오를수록 개울은 좁아지고 파
닥거리는 숭어떼

파닥파닥 복송꽃 피고 타랑타랑 복송꽃 지고
마음이 똑 옻 오른 것맹이로 근지러워서 이녁 생각만 하
여도 스리슬쩍 내 안에서 알이 슬 때라

행복

삶은 빨래 너는데

치아 고른 당신의 미소 같은

햇살 오셨다

감잎처럼 순한 귀를 가진

당신 생각에

내 마음에

연둣물이 들었다

대숲과 솔숲은

막 빚은 공기를 듬뿍 주시고

찻잎 같은 새소리를

덤으로 주셨다

찻물이 붕어 눈알처럼

씌룽씌룽 끓고

당신이 가져다준

황차도 익었다

복숭꽃

똬리를 튼 채 말라 있는 지렁이를 보았다
땅에 숨구멍을 내어 땅을 살게 하고
기름지게 하였을 육신
수백 마리의 개미가 달라붙어 있었다

가만히 보고 있자니
사람들 몇 징그럽다며 지나쳐갔다
나는 징그럽다는 말 대신 행복을 떠올렸다

또 가다가 보도블록 위에서
모래그물에 걸려 몸부림치는 지렁이를 보았다

은근한 그늘 속으로 그의 몸을 넣어주었다
그는 땅속을 잘 헤집고 다니리라
그 틈으로 민들레 제비꽃 쑥부쟁이
뿌리 잘 뻗으리라

내 여자의 얼굴에 복숭꽃이 피었다

별의 문장

서늘하고 구름 없는 밤입니다 별을 보다가 문득 하늘에 돋은 별들이 점자라는 생각이 들었습니다 오래전부터 너무 많은 이들이 더듬어 저리 반짝이는 것이겠지요

사랑에 눈먼 나는 한참 동안 별자리를 더텄습니다 나는 두려움을 읽었는데 당신은 무엇을 보았는지요

은행나무 잎새 사이로 별들은 또 자리를 바꿉니다

개구리 울음소리

내 마음 웅덩이에 당신이 슬며시 슬어놓은 슬픔 덩어리
느릅나무 속귀 열고 잎 오르는 속도로 조금씩 부풀던

당신 그리워 달을 볼 때마다 더 부풀다가
그믐처럼 고요해지던

당신의 검은 눈동자를 닮은 그 알들
알눈알눈 부화하던 그 밤에
마음속 웅덩이를 죄 뒤집으며
헤엄치던 올챙이떼

오늘 내 귀에 물꼬를 내는
개구리 울음소리

광양 여자 1

　청보리 팰 때는 청보리처럼 푸르게 웃음짓던 여자
　빈 들 보리밭 가 점심 굶고 걸어도 마냥 나를 배부르게
하였던 여자
　쓸쓸함이 산수유 꽃그늘 같아서 열에 들뜬 내 머리를 가
만히 다스려주고
　쉬운 분노와 잦은 뉘우침을 반복하던 나에게 가시몸 속
탱자꽃을 보여주던 여자

　내 오래 절망했을 때 치약처럼 상큼한 냄새로 제 몸이
걸레되어
　더께 낀 내 속을 찬찬히 닦아주던 여자 내가 아플 때면
　메꽃잎 같은 손으로 상처의 뿌리를 매만져주던 여자 눈
동자가
　초꼬지불 같아서 어둠속을 초롱초롱 빛내던 여자 그 눈
동자에
　눈부처로 있는 게 즐거워 오래도록 눈 마수보았던 여자

　불경 같은 여자 연꽃 같은 여자 숯불 같은 여자 차심 같

111

은 여자

  짐승 같은 여자

  마른 낙엽 밑 돌멩이처럼 감추어진 여자 잔바람에도 쉬 드러나 찢긴 내 맨살을 아리게 하는 여자 덖은 찻잎에 숨은 그늘처럼 오래도록 감추어져 있다가 맑은 찻물로 우러지곤 하는 여자 내 오래 사랑하였고 한번도 미워한 적 없었던 여자 너무 깊이 사랑했으므로 보낼 수밖에 없었던

  그 여자 모두에게 버림받고 아파 울더라도 곁에 두고 싶었던 여자 몸 영 못 가누게 되어 기저귀 차고 지내게 되면 내 손수 기저귀 갈아주고 고운 노래 불러주고 싶었던 여자 내 숨막힌 세월 숨통 터주고 제 아픔 하나도 나누어주지 않았던

  나쁜 그 여자, 생각하면 목련길이 떠올라서 세상의 모든 밤을 봄밤으로 만드는 여자 꽃에 허기진 나를 밤 깊도록 잠 못 이루게 하고 검게 바랜 목련 꽃잎에 눈물 떨구게 하

는 여자

과냥과냥 불러보면 어느날 문득
자옹자옹 대답할 그 여자

광양 여자 2

쓸쓸함이 노을 든 억새꽃 같은 여자와
살고 싶었네 쭈그러지기 시작한 피부에
물고기 눈처럼 순한 눈망울을 끔벅거리던 여자
산죽처럼 서걱거리는 연애로 청춘을 다 탕진하고
세상 밖으로 가는 길을 손목에 새기려 했던 여자
나는 맹감잎 같은 귀로 그녀의 소리에 귀를 기울였지만
어쩌지 못한 가시가 그녀를 다치게 하였네

사랑한다 말하면 밥 뜸들일 때의 숯불처럼
자분자분 끓어오르는 여자
그 여자를 생각하면
분홍이나 노랑이라는 단어가 떠올라서
외풍 심한 겨울밤에도 마음 한쪽에 아랫목이 생겼네
연두 뚝뚝 떨어질 듯 연한 감잎처럼 순한 귀를 가진 여자

그 여자와 어느 산 아래 흙집 지어 살림 차리고
찰방거리는 우물에서 물을 길어다주고 소꼴을 베러
새벽이슬 깨뜨리며 바지게 지고 들로 나가리

익은 낮질에 후딱 오른 한 바지게 풀짐에선
아직은 좀 비릿한 그녀의 살냄새 나리
그런 날이면 밥상도 제쳐두고 그녀의 몸내 맡으리
그녀가 등목을 해주는 여름이 오면
별 낮은 밤하늘 반딧불이처럼
깜박깜박 서로의 반짝임을 바라보리

몸물이 올라 가을이면 노란 산국이 되는 여자
그 여자 어깨를 주물러주며 함께 늙어가고 싶었네
아이 둘 낳기에는 너무 늦은 여자
여전히 순정은 치자꽃 같아서 스치기만 하여도
달큼한 향내를 풍기는 여자 그 여자 낯빛에 스민 그늘
그 그늘 아래서는 슬픔도 마냥 슬픈 것만이 아니고
기쁨도 그저 환한 것만이 아니라서
따뜻한 슬픔에 마음은 그저 노곤해지고

행여 다툰 날이면 그 여자 눈동자 속 눈부처 향해 절을
하리

그녀는 이내 순하게 무릎을 꿇겠지 그러다보면
버석거리는 마음에도 단풍 들리라
서로의 아픈 데를 어루만져주며
조금씩 잎을 떨구는 감나무들처럼 담담히
나란히 빈 몸으로 겨울을 맞고 싶었네

오르드르

당신은 갯메꽃 사이에 앉아 있구려
갯메꽃 속에서 갯메꽃 꽃잎같이 웃고 있구려
갯메꽃 되어 파도소리
쌀 이는 소리 같은 파도소리에 귀를
흘리고 있구려 오르드르
파도로 파도를 벗는 소리
몸이 몸을 지우는 소리 오르드르
그럴 때면 당신의 몸은 한없이 투명해져서
물비늘 되어 흘러갈 것 같구려
당신은 갯메꽃 그늘 같은 영혼을
갯메꽃 향기 같은 숨결을
갯메꽃 이파리 같은 갯메꽃
줄기 같은 세월을 가지고 있구려
오르드르 오르드르
그 시간에 몸을 묻으면
잔모래처럼 마음이 서걱거려서
나도 그만 아플 것 같구려
당신은 갯메꽃 되어 앉아 있구려

슬픔의 씨

한 빗방울이 떨어지고
다른 빗방울이 떨어지는 그 사이를
천년이라고 하자
한 빗방울과 다른 빗방울 간의 거리를
천리라고 하자

천년 동안 비 내리고
지척인 천리는 구름에 가려졌다
그렇게 천년에 달팽이 껍질 하나 뒤집어쓰고
내 그대에게 여러번 다녀왔으나

천리 먼 길에
마음 발바닥 짓물러졌으나
다리가 다 닳아 자라발이 되었으나
그대는 나를 알아보지 못했다

한 빗방울과 다른 빗방울의 사이
그 아득한 거리에

빙하기에 묻혔으나 다시 발아한다는 연씨 같은
아무것도 아닌 것 같은
슬픔의 씨 하나 있는 것이다

수많은 천년을 지나고
수많은 천리를 사이에 두고
나 그대를 향해 우두커니 서 있는 이 생을
천형이라고 하자

천직이라고 하자

한라수목원에서

1

알겠습니다, 내 그리움이 너무 우거졌다는 것을
아무렇게나 자라나는 그리움을 방치해두고서는
그대 발 디딜 곳이 없다는 것을
그리움도 솎아내지 않으면 그대 맨살 다치게 하는
땅가시나 키우게 된다는 것을

2

담팔수 잎은 하루에 하나씩 진다고 합니다
우리 사이 이별은 그러했으면
하루 한 잎씩 지면서 무성해졌으면……
오래전의 생각입니다

다만 한 잎이 떨어졌을 뿐인데 나무가 출렁거립니다
바람 때문에 나무가 흔들리는 것이라고
했던 생각을 지웁니다

3

송두리째 잘린 나무의 그루터기를 봅니다
나이테마다 맺힌, 투명한, 그 방울들

오지 않는 사람을 기다리며
먼 데 보는 눈동자에 맺힌, 그 짠물

서랍에 담긴 먹처럼 가만 나는 놓여 있습니다

윗세오름 가는 길

산정으로 가는 길이 없는 건 아닙니다 다만
산이 너무 아파 막아두었을 뿐입니다
헤어지자는 그대의 말을 듣고
윗세오름으로 갑니다

바다로부터 먼 곳으로 왔는데
등성이에 오르니 바다가 금방 엎질러질 듯
가까이 있습니다 소리 없는 파도는
거세어집니다 아무리 파도가 높아도
수평선은 미동이 없습니다

잎 떨어진 나무의 가지 틈틈이
하늘이 보입니다
시로미 잎마다 맺힌 비이슬
그 이슬 내 눈에 들어
열기를 식힙니다

까칠한 수풀 너머에서

까마귀 한 마리 날아오릅니다

하늘이 하도나 맑습니다

참 많이 우셨나봅니다

그러니 어찌할거나 마음이여

오늘도 먼 데를
오래 바라보았으나
수평선에 눈을 맞추었으나
해가 제 몸을 다 우려 우는
다 저문 때에 대문을 닫네
사람의 말 중 가장 슬픈 단어는
사랑임을 되뇌며 묵은 나뭇잎 같은
마음의 문도 꼭꼭 여미네
눈물이 아니었다면
사람의 일엔 죄밖에 없었을 것을
지는 메꽃에 마음을 두고
문을 닫아거네 사랑도
잘못 박힌 못을 뽑아버리듯
박힌 잔가시를
살이 천천히 뱉어내듯
보낼 수 있는 것이라면
마음이 몽돌처럼
둥글어질 수도 있으련만

해는 지고 사람 많은 항구에
한 사람이 없네
온몸이 눈물이라
물의 슬픔은
물의 울음은 드러나지 않네

사계리 발자국 화석

다녀가셨군요…… 당신
당신이 오지 않는다고 달만 보며 지낸 밤이 얼마였는데
당신이 다녀간 흔적이 이렇게 선명히 남아 있다니요
물방울이 바위에 닿듯 당신은 투명한 마음 발자국을 남
기었으니
그 발자국 몇번이나 찍혔기에 화석이 되었을까요

아파서 말을 잃은, …… 당신
눈이 멀도록 그저 바라다보기만 하였을 당신
다녀갈 때마다 당신은 또 얼마나 울었을까요
몹쓸 바람 모슬포 바람에 당신 귀는 또 얼마나 쇠었을까요
사랑이 깊어지면 말을 잃는 법이라고
마음 벼랑에 우두커니 서 있던 나를 데려와
당신의 발자국 위에 세워봅니다

소금간 들어 썩지 않을 그리움, 입 잃고 눈먼 사랑 하나
당신이 남긴 발자국에 새겨봅니다
다녀가셨군요…… 당신

남천

가지 못했다
그대와 남천(南天)에 살고자 했으나
가지 못했다 남천에
창밖은 남천
햇살이 찹쌀가루 같은 날
나무들 잎 끝은 순해지고
호흡은 가지런해진다
남천에 남천에 흰 꽃이 피고
초록의 잎들이 햇살로 몸을 씻는다
밀려오는 파도의 결이 음표가 되어 떠도는
남천에서는 음악으로 숨을 쉬고
바람의 몸을 가진 자들이 있다
남천의 길은
초록 잎이나 꽃으로 가는 길
물이 되거나 향기가 되거나
물의 몸이거나 향기의 몸이거나
그렇게는 갈 수 있을 거라 하였다 남천에
바람의 모태인 그곳에 가야

그대를 꽃 피울 수 있을 것 같아서
가고자 하였으나
가지 못했다 창밖은 남천
바람은 그대의 살내를 옮아오고
옴살을 앓아 나 아직 푸르건만
가지 못할 남천

몸을 다 울어 하늘빛이 될 때까지

천 개의 검은 귀

엄경희

1. 변방에서 변방으로

이대흠 시인이 뿌리내린 리얼리즘적 시의식은 언제나 변방적 삶의 진실과 관련한다. 변방은 그가 부조리한 세상을 객관화할 수 있는 시선의 토대이며 중심에 대한 편입 욕망을 스스로 제어할 수 있는 내면의 거처이다. 그는 변방인의 소외감과 외로움을 견디며 세상에 대한 반감과 부정의식을 드러낸 첫시집 『눈물 속에는 고래가 산다』를 묶었으며 거시적 관점에서 역사를 통찰한 두번째 시집 『상처가 나를 살린다』를 출간하였다. 『상처가 나를 살린다』에서 시인은 역사적 인물이나 전통설화에 나오는 인물들을 쏠라수하는 기법과 우리의 역사성을 힘촉하는 '저니 공주'라는 상징적 인물을 창안하는 실험성을 통해 자신의 시의식을 두텁게 했으며, 세번째 시집 『물 속의 불』에서는 애잔한 개인서정과 극악했던 80년 광주의 상흔을 병립시 킴으로써 역사와 분리될 수 없는 그의 의식지향을 다시 한번 드러냈다.

한편 이같은 그의 시세계의 궤적에 동반되는 목소리는 점차 서정성이 강화되는 쪽으로 흘러갔다. 특히 이번 시집 은 서정적 목소리를 전면화함으로써 거시적 역사보다는 개인의 미시적 경험들을 부각하는 데 주력한 점이 그 특징 이다. 그러나 그의 개인사적 경험과 관련된 다양한 제재들 은 여전히 현실인식이 동반된 리얼리즘적 시각에 의해 용 해된다. 다시 말해 그의 변방적 사유의 토대가 여전히 지 속되고 있는 것이다.

그의 시선은 이제 예전의 노동현장이나 역사현장에서 이동하여 자신의 태내인 영원한 변방 '고향'에 닿는다. 고 향에는 어머니를 비롯한 혈육과 양산 이숙, 물마장골 아 짐, 욕쟁이 영춘이, 과부 하고댁, 황영감, 수문댁이 있다. 이대흠에게 고향은 "명절 전날이면 신작로 쪽으로 몸이 쏠린 노인들이/ 그 나무 아래에서 웅성거리"(「젖몸살」)며 자식을 기다리던 유대의 공간이다. 이와같은 고향에는 송 피를 먹으며 생활을 건더야 했던 선조들의 아픈 역사가 있 다. 시인은 「불온한 내력」에서 "나는 너의 인생에 의무가 없다 아들아/고집불통의 조상들은 끝까지 절을 받는다" 고 말함으로써 선조들의 억눌리고 궁핍했던 역사를 더이

상 유전하지 말아야 한다는 생각을 비장하게 드러낸다. 그러나 이러한 의식이 유대감의 단절 욕망으로 오해되어서는 안된다.

> 대나무는 여태
> 대가족제도이다
>
> 오뉴월 보릿고개
> 젖 먹이는 어미 위해
> 온 가족이
> 끼니 걸렀듯
>
> 죽순 나오면
> 오래된 댓잎들
> 누우렇게
> 얼굴이 뜬다

　　　　　　　　　　　　　　　　　—「대나무」전문

　이대흠이 자신의 고향 전남 장흥 만손리에서 내면화한 것은 바로 공동체의 유대감이다. 대가족을 이끌고 살아내는 눈물겨운 유대의 끈끈함이 늘 그를 울리고 위로한 동력이다. 새로 솟아나온 죽순을 위해 오래된 댓잎들이 누렇게

몸을 헐어내듯 향토 공동체는 그렇게 유전하며 유지되어
온 것이다. 중요한 것은 이같은 고향이 객지생활의 외로움
속에서 재구성된다는 점이다. 이대흠의 이번 시집은 객지
와 고향, 현재와 과거, 외로움과 따뜻함이 서로 갈마들면
서 구성된 변방인의 서정 산물이라 할 수 있다.

2. 검은 몸의 연대기

고향을 자주 상상 속에 불러들이는 자는 이미 고향을 멀
리 떠나온 자이다. 그는 과거를 향해 손짓하며 그 고향의
따듯한 살갗을 자신의 외로운 피부에 잇대어놓는다. 이같
은 상상 활동은 오래된 것, 친숙한 것, 낡은 것으로 낯선 세
계의 이질감을 이겨내려는 심리와 맞물린다. 오래 묵은 것
에 대한 친화는 결국 과거 시간에 대한 친화이다. 이때의
시간의식은 단절을 넘어선 지속성과 연관된다. 이대흠은
오래된 것이 지닌 누적적 시간의 지속성을 검은 몸으로 상
징화한다.

마루 끝을 햇살이 콕콕콕 쪼아댑니다 백년이 넘어서
인지 햇살의 부리가 닿는 곳은 둥글어져 있습니다 아이
에게 밥을 먹이고 나서 흘린 것들을 걸레로 닦아냅니다

벌어진 나무 사이로 들어간 밥알 몇개가 빠져나오지 않습니다 꼬챙이로 틈을 후비다보니 묵은 때들이 길게 빠져나옵니다 검게 뻗은 시간의 뿌리입니다

　오래된 것들은 지나온 세월만큼 얼굴이 검습니다 하찮은 것도 쉬이 흘리지 못하고 받아들인 덕분입니다 고목나무 뿌리가 저렇게 검은 것도 돌이 되어 가라앉는 누군가의 속울음에 귀를 세웠기 때문입니다

—「시간의 뿌리」 전문

　오래된 것들은 시간의 '때'를 묻히며 검게 변화한다. 그것의 외관은 더럽고 낡고 닳은 외관을 하고 있다. 이 검은 몸에서 이대흠이 본 것은 추상화된 시간이 아니라 "하찮은 것도 쉬이 흘리지 못하고 받아들인" 관대하고 고통스러운 세월의 속내이다. "누군가의 속울음에 귀를 세웠"던 자의 근심과 슬픔이 쌓이고 쌓여 검은 몸이 되는 것이다. 시인은 이러한 검은 몸에 대한 애착을 시집 곳곳에서 반복한다. 예를 들어 시 「고매(古梅)에 취하다」에서는 "착해서 가난해진 그 사람의 몸에서 나던 살냄새/바람이 여물 먹은 소처럼 순해진다/몸이 검다는 것은 울음이 많이 쌓였다는 것"이라고 하며, 「꽃섬」에서는 "먼 데 섬은 다 먹색이다//들어가면 꽃섬이다"라고 말한다. 울음이 창궐했던 검은

몸, 그 먹색의 섬으로 들어가면 꽃섬이라는 말에는 검은 몸에 대한 진한 향수가 내포되어 있다. 시인은 먹색의 섬이 곧 꽃섬이라는 역설을 통해 검은 몸의 아름다운 진실을 강조하는 것이다. 그는 먹색의 꽃섬으로 들어가고 싶어한다. 그것은 구체적으로 그의 고향 장흥의 질척한 갯벌이며, 그 바닥을 살아냈던 어머니의 몸이다.

외가가 있는 강진 미산마을 사람들은
바다와 뻘을 바닥이라고 한다
바닥에서 태어난 그곳 여자들은
널을 타고 바닥에 나가
조개를 캐고 굴을 따고 낙지를 잡는다
살아 바닥에서 널 타고 보내다
죽어 널 타고 바닥에 눕는다

바닥에서 태어난 어머니 시집올 때
질기고 끈끈한 그 바닥을 끄집고 왔다
구강포 너른 뻘밭
길게도 잡아당긴 탐진강 상류에서
당겨도 당겨도 무거워지기만 한 노동의 진창
어머니의 손을 거쳐간 바닥은 몇평쯤일까
발이 가고 손이 가고 마침내는

몸이 갈 바닥

오랜만에 찾아간 외가 마을 바닥
뻘밭에 꼼지락거리는 것은 죄다
어머니 전기문의 활자들 아니겠는가
저 낮은 곳에서 온갖 것 다 받아들였으니
어찌 바닷물이 짜지 않을 수 있겠는가

봄은 하늘에서 오는 것이 아니라
바닥에서 시작된다

　　　　　　　　　　　　　 —「바닥」 전문

　이 시에서 '바닥'은 바다와 뻘을 지칭하는 시어이면서
동시에 노동의 진창, 생활의 밑바닥, 세상의 가장 낮은 곳,
죽음의 자리 등 다양한 의미를 함의한다. 이 시어가 이와
같이 다양한 의미를 지니는 까닭은 거기에 어머니의 삶의
내력이 겹쳐 있기 때문이다. 어머니는 '바닥에서 태어나
바닥을 끌고 시집온' 여인이다. "당겨도 당겨도 무거워지
기만 한 노동의 진창"이 암시하는 힘겨움과 가난을 이겨내
며 살아온 어머니는 구강포 너른 뻘밭의 검은 몸과 나를
바 없다. 세상의 가장 낮은 곳에서 온갖 것을 다 받아들이
며 생명을 키워낸 뻘처럼 어머니는 삶의 온갖 슬픔과 근심

을 몸으로 받아낸 검은 바닥이다. 그 짜고 검은 몸은 오래된 것이며 낡은 것이다. 세월의 때가 쌓여 검게 얼룩진 이 남루의 몸은 그러나 봄을 일으켜세우는 생명의 모체이다. "꽃무릇도 상사화도 기린초도 수선화도/어머니의 검은 손이 닿자 갑자기 명랑해진 아이처럼/무어라 무어라 말을 해대며 생기를 띠는 것이었다"(「어머니의 손바닥엔 천 개의 귀가 있다」)라고 시인은 말한다. 이대흠의 태내는 바로 이 검은 바닥의 몸이라 할 수 있다. 시인은 객지생활 속에서 검은 바닥의 몸을 그리워하고 있는 것이다. 이 시집에 어머니 시편이 압도적으로 많은 것은 이와 관련한다.

3. 객지로 울리는 고향 사투리

「귀가 서럽다」에서 시인은 "울혈 든 데 많은 하늘에서/가는 실 같은 바람이 불어오느니/국화꽃 그림자가 창에 어리고/향기는 번져 노을이 스네/꽃 같은 잎 같은 뿌리 같은/ 인연들을 생각하거니//귀가 서럽네"라고 고백한다. 이 시에서만이 아니라 「시간의 뿌리」「어머니의 손바닥엔 천 개의 귀가 있다」 등에서도 '검은 귀'의 이미지가 발견되는데, 이 귀들은 모두 울음을 듣거나 울음을 우는 서러운 귀로 의미화된다. 이미니의 검은 귀가 세상 울음을 다 받아낸 귀라면, 시인은 지금 "검은 손바닥 그 한 많은 귀"
(「어머니의 손바닥엔 천 개의 귀가 있다」)에서 울려오는 소리로
서러운 것이 아닐까? "꽃 같은 잎 같은 뿌리 같은/ 인연
들"을 엮어낸 고향의 말소리[言語]에 귀기울이고 있는 것
이 아닐까?

　　큰 악으야 여그도 이라고 더운디 노무 나라에서 얼매
　　나 땀 흘림시롱 고상허냐? 니 덕분에 아그들 학비 꺽쩡
　　은 읎다마는 이 에미가 니럴 볼 면이 읎따 늑 아부지도
　　잘 있고 아그들도 잘 있싱께 암 꺽쩡 하들 말고 몸조
　　리나 잘 하그라 저번 참 핀지에 내 물팍 아푸냐고 물었
　　는디 내 몸땡이는 암상토 안항께 꺽쩡얼 허들 말어라

　　　　　　　　　　　　　　　　　　　　　　—「오래된 편지」 부분

　　미국의 인문사회학자 다이앤 애커먼(Diane Ackerman)
은 『감각의 박물학』(작가정신 2004)에서 "언어의 매력은, 인
간이 만든 것인데도 불구하고 인공적이지 않은 감정과 느
낌을 포착한다는 점에 있다"라고 말한다. 언어는 분명 한
공동체의 약속에 의해 만들어진 인공의 산물이다. 그럼에
도 언어가 인공적이라는 생각을 잊게 되는 것은 그 비물질
성 때문이다. 언어의 비물질성은 인간의 습속에 가장 잘
스며들 수 있는 자질이다. 인간은 태어남과 동시에 이 비

물질적 세계와 조우한다. 특히 방언은 특정 지역의 지리적 여건, 생활방식, 감정, 기질 등을 가장 자연스럽게 포괄하는 향토의 산물이다. 방언은 비물질적이지만 그 특유의 질감(지방색)을 상대화한다는 점에서 물질적인 것보다 더 강렬하게 인식된다. 그것은 지역 사람과 분리될 수 없는 체질과도 같은 성격을 갖는다.

이대흠의 귀에 울려오는 것은 바로 비물질로서의 고향 사투리이다. 시인은 전남 사투리를 시의 언어로 끌어들임으로써 고향에 대한 향수를 극대화한다. 앞에서 인용한 시에는 어머니의 생생한 목소리가 고스란히 기록되어 있다. 어머니의 목소리는 저곳에 존재하는 고향의 음성이며 과거 고향에서의 생활이 온전하게 구현된 기억의 필름이다. "이 에미가 니럴 볼 면이 읎따 늘 아부지도 잘 있고 아그들도 잘 있싱께 암 꺽쩡 하들 말고 몸조리나 잘 하그라"라고 울리는 어머니의 토속적 말씨는 그 자체로 고스란히 어머니의 현신이라 할 수 있다. 시인은 객지로 뻗치는 고향 사투리를 귀울음으로 들으며 태내로부터 분리된 자의 외로운 심사를 달래고 있는 것이다. 이 시집에는 이처럼 전라도 사투리의 질감을 살려낸 여러 편의 시가 실려 있다. 「황영감의 말뚝론」「수문 양반 왕자지」「명자꽃 보면」「하고댁」 등이 그 예이다.

비는 왜 피리봉 쪽에서 오는지
마흔에 혼자된 하고댁은 먹구름이 피리봉에 엎드릴 때면
나락 베던 낫 놓고 욕을 하곤 했는데
피리봉 아래 절터골에 저승살림 차린 영감
그렇게 일찌거니 딴살림 차렸냐고
죽어서도 보기 싫다며 욕을 해댔는데
염뱅 염천얼 허네
염뱅 침뱅을 허네 하면서 욕을 해댔는데
영감은 영감대로 부아가 났는지
침 튀겨가며 맞고함치듯 우레소리에 마을이 쩌렁거리고
벼락같이 쏟아진 비에 하고댁 몸뻬가 젖고
어떨 땐 속곳까지 후줄근히 물범벅이 되었는데
그럴 때면 꼭 하고댁은
염뱅 씹뱅
고두마리 씹뱅
잠자리 눈꾸녁
염뱅 씹뱅 고두마리 씹뱅 잠자리 눈꾸녁
욕 노래를 부르곤 했는데
비 끝에 단풍은 피리봉부터
확확 달아오르고는 했는네

　　　　　　　　　　　　　　　——「하고댁」 전문

이 시에 등장하는 하고댁은 마흔에 남편을 잃은 과부이다. 그녀가 내지르는 욕설은 '저승에 딴살림 차린' 영감에 대한 그리움과 원망이 뒤섞인 반어이다. 하늘에서 비를 퍼부으면 하고댁은 욕을 퍼부으며 저승에 화답한다. 욕설은 그야말로 '밑바닥'의 언어이다. 과부살이 한 많은 하고댁의 삶을 시인은 고향의 밑바닥 언어, 사무치는 변방의 언어로 건져올린다. 억센 욕설과 달리 "벼락같이 쏟아진 비에 하고댁 몸뻬가 젖고/어떨 땐 속곳까지 후줄근히 물범벅이 되었는데"라는 묘사에서는 에로틱한 분위기마저 느끼게 되는데, 이와같은 하고댁의 형상은 그녀의 욕설을 더 처연하게 만드는 효과를 가져온다. 그러나 이 시는 처지거나 지나치게 어둡지 않다. "염병 씹벵/고두마리 씹벵/잠자리 눈꾸녁"으로 이어지는 그녀의 욕설이 매우 리드미컬하기 때문이다. 생기 가득한 이 밑바닥의 언어에는 '바닥'을 강하게 건뎌내는 저력이 내포되어 있는 것이다. 이대흠이 애착하는 것은 바로 이러한 바닥의 언어이다. 그것이 그의 고향이다.

4. 천년의 그리움

이대흠이 기억으로부터 불러낸 어머니와 고향 사람들,

그리고 고향의 사투리는 모두 객지로 흘러간 자의 외로움과 그리움의 환유라 할 수 있다. 그는 어머니의 목소리를 호출하고 형의 오래된 편지를 다시 읽는다. 그리고 자신의 고향 사투리만이 아니라 우리 모두의 고향 사투리로 명명된 숙주노물과 싱건지, 남새 노무새를 넣고 비빔밥을 만든다(「비빔밥」). 이 모두는 '지금 여기'에서 현재화되는 동시에 '지금 여기'에 없는 것들이다. 해서 위안이면서 동시에 결핍인 것이다. 이 시집의 칠할이 고향과 관련한 시편들이라면 나머지 삼할 정도는 사랑을 갈구하는 자의 목소리를 담고 있는 연시(戀詩)라 할 수 있는데, 이러한 시집의 내용 구성은 위안과 결핍을 길항하는 시인의 내적 정황과 무관하지 않을 것으로 판단된다. 그는 사랑시를 통해 자신의 외로움과 그리움의 서정을 응집시킨다.

한 빗방울이 떨어지고
다른 빗방울이 떨어지는 그 사이를
천년이라고 하자
한 빗방울과 다른 빗방울 간의 거리를
천리라고 하자

천년 동안 비 내리고
시적인 천리는 구름에 가려졌다

그렇게 천년에 달팽이 껍질 하나 뒤집어쓰고
내 그대에게 여러번 다녀왔으나

천리 먼 길에
마음 발바닥 짓물러졌으나
다리가 다 닳아 자라발이 되었으나
그대는 나를 알아보지 못했다

한 빗방울과 다른 빗방울의 사이
그 아득한 거리에
빙하기에 묻혔으나 다시 발아한다는 연씨 같은
아무것도 아닌 것 같은
슬픔의 씨 하나 있는 것이다

수많은 천년을 지나고
수많은 천리를 사이에 두고
나 그대를 향해 우두커니 서 있는 이 생을
천형이라고 하자

천직이라고 하자

—「슬픔의 씨」 전문

받아들여지지 않는 사랑에 포박된 사람은 '그대'와의 사이에 벌어진 심연을 온몸으로 감수해야 하는 자이다. "한 빗방울이 떨어지고/다른 빗방울이 떨어지는 그 사이", 그 순간조차 그에게는 심연이다. 이때 심연의 시간과 거리는 '천년'과 '천리'로 체감된다. 화자는 이 아득한 천년과 천리 사이에 '슬픔의 씨' 하나를 심는다. 이 슬픔의 씨앗은 빙하기를 거쳐 발아할 사랑의 씨앗이다. 이 무지막지한 기다림을 시인은 "천형이라고 하자//천직이라고 하자"고 다짐한다. 이 시는 고통과 헌신으로 부재하는 사랑에 복무하는 자의 심회를 잘 드러낸 작품이라 할 수 있다.

그의 다른 시 「남천」「광양 여자 1」「광양 여자 2」「그러니 어찌할거나 마음이여」「꽃 지네요」「한라수목원에서」「곰소에서」 등 또한 마찬가지로 사랑의 상실과 부재를 노래한 작품들이다. 낯선 객지야말로 사랑을 꿈꿀 수 있는 최적의 조건일지도 모른다. 고향을 떠난 자에게 객지는 그야말로 결핍의 자리이기 때문이다. 사랑에 대한 그리움과 열망은 그런 결핍의 자리를 메우는 정신의 운동태이다. 그것은 "견디지 못할 것 같았던 몸의 그리움을 마음의 그늘로 염하는 시간"(「외꽃 피었다」)이다.

5. 다시 물의 몸이 되어

인간과 인간의 마음을 이어주는 근본적 매개는 무엇인가? 현실의 부당한 억압과 파행적 역사를 직시해왔던 이대흠은 이번 시집을 통해 소박하지만 가장 중요한 삶의 진실을 강조한다. 그 진실은 '검은 몸'의 상징을 통해 형상화된다. 시인에게 검은 몸은 오래된 몸이며 낡은 몸이다. 묵은 때로 얼룩진 검은 몸은 누군가의 속울음을 받아낸 서러운 몸이다. 그 몸은 세상의 가장 낮은 바닥에 거처하는 고향의 몸이며 어머니의 몸이다. 인간의 슬픔을 받아내는 이 몸을 통해 인간 사이의 유대감은 지속된다. 이대흠은 먼 객지에서 이 몸의 소리에 귀기울인다. 그에게 고향의 질감과 정감이 그대로 살아 있는 남도 사투리는 오래되고 친밀한 몸의 언어이다. 그것은 삶의 밑바닥과 함께해온 변방의 언어이다. 그리움으로 사무치는 이 몸의 언어를 들으며 이제 그 자신도 검은 몸이 되고자 한다.

죄송하여라
흐려서 깨끗한 물이여

저 누런 물

논고랑 밭고랑 일일이 손 뻗어
어린 뿌리 병든 뿌리 어루만지고

고름 든 새의 다리엔
입 대었으리
——「물의 길」 부분

휘어지며 늘어나는 물의 주름을 보며
삶이 고달파 울 일 있다면 그 울음은
끄덕이며 끄덕이며 생기는
저 물낯의 주름 같은 것이어야 한다는 생각을 하네
——「주름」 부분

아래로 갈수록 돌의 표면은 부드럽다
돌이 이토록 부드럽게 될 때까지
쉼없이 어루만졌을 물의 손바닥에도
굳은살이 박였을 것이다
물의 살이 내 살인 것만 같아서
다치지 않게 가만히 만져본다
——「물무늬 손바닥」 부분

저 낮은 곳에서 온갖 것을 다 받아들이는 검은 몸은 세상에서 가장 부드럽고 너그러운 살갗이다. "어린 뿌리 병든 뿌리 어루만지"며 스스로 더러워지고 주름지는 검은 몸은 낮은 곳으로 흘러가는 물의 몸이다. 그것은 "끄덕이며 끄덕이며" 울음들을 감싸안고 세상을 살 만한 자리로 만든다. 시인은 "쉼없이 어루만졌을 물의 손바닥에도/굳은살이 박였을 것이다"라고 말한다. 굳은살이 박인 물의 손바닥을 처연하게 바라보는 그의 혈관에도 저 누런 물이 흐를 것이다. 어머니가 가르쳐준 끄덕임을 객지의 외로움 속으로 내면화하면서 그 또한 "저 물낯의 주름 같은 것"을 새기고 있다.

嚴景熙 | 문학평론가

엄마라는 말과 맘마라는 말은 어원이 같을 것이다. 여자
가 인격이라면 어머니는 신격이다.

이 시집을 나의 어머니이자 우리의 어머니인, 장공재 여
사께 바친다.

2010년 1월 수월산방에서

이대흠

창비시선 311

귀가 서럽다

초판 1쇄 발행 / 2010년 1월 25일
초판 12쇄 발행 / 2026년 2월 9일

지은이 / 이대흠
펴낸이 / 염종선
책임편집 / 전성이
펴낸곳 / (주)창비
등록 / 1986년 8월 5일 제85호
주소 / 10881 경기도 파주시 회동길 184
전화 / 031-955-3333
팩시밀리 / 영업 031-955-3399 편집 031-955-3400
홈페이지 / www.changbi.com
전자우편 / lit@changbi.com

ⓒ 이대흠 2010
ISBN 978-89-364-2311-7 03810